SILVER HEART

シルバー・ハート

神條絢

Kamijo Aya

文芸社

プロローグ

明かりの点いていない部屋に、一人の男の姿が影となって浮かぶ。

小柄なその影は、微かな電子音を立てるコンピュータに向かっていた。忙しなくマウスを動かし、時にはキーボードを叩いて、データを呼び出す。やがて一つのウィンドウが開き、そこに目的のものが現れた。

その瞬間、けたたましいサイレンが鳴り響き、照明が赤に変わる。

男は慌ててディスクを取り出し、首尾良くデータをコピーすると、部屋から駆け出していった。

建物全体に厳戒態勢が布かれる前に抜け出した男は、そのまま人混みの中へと消えていった。

1

時は、二十一世紀も半ばを過ぎた頃。

都内に、とある研究施設が建設された。

その施設の名は、「国立遺伝子研究所」。全てを統括する中央研究所、通称「センター」をはじめとして、それぞれ専門の分野に分かれて建設された研究施設は、首都圏に限っても、優に五十ヵ所以上にのぼる。

「国立遺伝子研究所」も、その一つである。

それぞれが広大な敷地を持ち、その中に、メインである研究所、所員が暮らす専用のマンション、そして、日用品や食料品の店までもが設置されていた。

敷地を取り囲むのは、十メートルの高さはあろうかというコンクリート壁と、その上に張り巡らされた、高圧電流が流れる有刺鉄線。厳重に警備された施設内に入ることは、一つしかないゲートで、指紋・声紋・虹彩チェックを終えて、初めて可能となる。施設内では、本人登録の際に発行されるＩＣチップを組み込んだカードキーで、全ての行動が取れるようになっていた。

施設建設の目的は、遺伝子治療の発展。だが、これは表向き。カモフラージュである。

一見しただけで、ただの研究施設ではないと分かるその場所では、もちろん遺伝子治療など行われておらず、極秘の計画が進められていた。

遺伝子操作による、人間兵器の開発――それが、この研究所の真の目的である。

特殊な能力を持つ人間から遺伝子を抽出し、それを組み込んだ人工生命体――クローン人間――を造り出すのだ。生命体たちは、発火能力や念動力、透視、テレパシーなどの特殊能力、いわゆる超能力を持ち、それを極限まで高める処置を受けることになっていた。

しかし、ここで最も重要視されていたのは、能力の高さではなく、〝人らしさ〟であった。普通の人間と同じように、喜怒哀楽といった感情と、生命体それぞれが個性を持っていなければならなかった。

製作者の命令には逆らわないように設定されてはいるが、兵器として通用させるためには、人混みに紛れても不自然にならない程度の〝人らしさ〟が必要だったからだ。

よって、生命体たちは、少々奇抜な服装と瞳の色を除いては、人間と変わらない形をしていた。

2

施設内を、少女が駆けていく。

軽やかな足取り。年は十二〜十三歳であろうか。すれ違う所員は皆、少女の姿を見ては笑みを浮かべ、手を振った。

チェックとデニムを重ねた短いプリーツスカートと、チューブトップといった、人目を引く服装。前髪を除いて、赤く染められた髪の毛。紫色の瞳。

少女もまた、この施設で造られた生命体である。


彼女の名は刹那《せつな》。

人工生命体の中で、最も高い能力を持つ者。その走りを見ても分かるように、バランス感覚をはじめとした基本能力と、複数の特殊能力を併せ持っている。

そして、その能力を自在に扱うことが可能な、唯一の存在。

彼女だけが施設所長の管轄下に置かれ、所長本人の指示にのみ従って任務をこなしている。

本来、施設内で造られた生命体は、それぞれの製作者かセンターの管轄下に置かれることになっている。

だが、刹那はそのどちらにも属していない。彼女の製作者が施設所長本人ということもあるが、刹那は決してセンターの管轄下には置かれなかった。これは、まったくもって異例のことで、このために所長がどうセンターに対応したのかは不明である。

そして、もう一つ。

「国立遺伝子研究所」では、刹那以外の生命体は製作終了後、直ちにセンターの管轄下に置かれ、生命体自身もセンターに送られてそこで生活をしているのだ。したがって、この施設にいる生命体は、刹那だけだということになる。

理由は明らかにされていないが、所長にとって刹那は何か特別な存在だということだろうか。

大きな音を立てて所長室の扉が開けられた。そこは施設の最上階、一番南に位置する部屋で、三十畳近いスペースが取られていた。シンプルな作りだが、高級感漂うデスクと回転椅子。もう一つ別に置かれた金属製のデスクの上には、パソコン三台とプリンターといったＯＡ機器が所狭しと並べられている。それ以外にも、二面の壁に取り付けられた、今にも溢れ出しそうな本棚と、扉のすぐ近くに置かれた応接セットがあり、実際のスペースよりも狭く感じられる。

所長室には二人の人物がいた。一人はこの部屋の主である睦月《むつき》所長で、少し長めの黒髪とシルバーフレームの眼鏡が、人当たりの良さそうな雰囲気を醸し出していた。もう一人は刹那のパートナーを務める璃亜《りあ》で、姿勢良く所長の横に立っていた。

「おはよーございます！」

「おはよう、刹那」

「遅かったね。散歩にでも行っていたのかな?」

睦月は椅子に座ったまま笑顔で刹那を迎え、璃亜は息を切らせて部屋に入ってきた刹那を抱きとめた。レースの縁取りのハンカチで額の汗を拭ってやる。

「調子が良さそうだね」

「うん。バッチリだよ!」

元気良くVサインを作った刹那を見て、睦月は嬉しそうに目を細めた。研究者にとって、自分の製作した生命体が、こうして何の問題もなく稼動していることはこの上ない喜びである。

「ねぇねぇ、何かお仕事?」

大きな瞳をきょろきょろと動かして、刹那は二人を見つめた。

睦月が刹那の体調を気遣う時は、必ずと言っていい程、何かの任務を与える時である。それは刹那の持つ能力の内容と種類に起因している。

刹那の能力は、主なものだけでも、サイキック、念動力、発火の三種類。他の生命体が、平均して一体につき一・五能力であるから、これは明らかに多いことを示す。また、それぞれの能力がいずれも五段階で一番高いAランク。サイキックに関してはA＋という評価が付けられていた。

これらの理由から、能力を使用する際には、僅かだが身体に負担がかかってしまうのだ。だからこそ、睦月は任務前には必ず体調を確認し、週に一度のボディチェックも欠かさず行っている。その上でスケジュールを細かく調整し、刹那の体調が思わしくない時には、璃亜に仕事を任せていた。

刹那が担当しているのは違反者の取締りである。この場合の違反者とは、施設のデータを許可なく改竄したり、外部に漏らしたりするなど、何らかの形で施設に影響を及ぼした者を指す。そういった人間を刹那は狩り出し、時には始末をして、流出したデータを取り戻していた。

これは、本来ならば施設所長直属の部下が行うものであって、人工生命体などに任せるべきものではないのだが、やはり睦月は、刹那に特別なものを感じているのだろう。

「困ったことに、私のコンピュータからデータを盗み出したヤツがいてね」

バサリと音を立てて違反者のファイルがデスクに置かれた。璃亜がそれを横目で確認する。

「現在、西部S地区に逃亡中だ。そいつを捕らえてデータを取り戻して欲しい」

刹那は男の顔写真を見た。何度か見たことのある顔だ。確か、六人いる幹部の一人だったはずだ。

この施設の中だけでも、六つの分野に分かれて研究を行っている。その分野の部長が、幹部として所長の下に名を連ねていた。

「分かった。じゃあ準備しとく。璃亜、後でねー」

ファイルを脇に抱え、刹那は来た時と同じように早足で駆けていった。

「では、私も……」

「璃亜」

パタパタという足音が遠ざかり、璃亜も後を追おうとした。その背中に鋭い声がかかる。

「今回の任務は、データの奪還が最優先事項だ。ターゲットの生死は問わない。何としてでもデータを取り戻せ。いいな」

——生死は問わない——

その言葉が睦月の口から出たのはおそらく初めてである。ただならぬ雰囲気を感じ取った璃亜は、静かに頭をさげて部屋から出ていった。

3

西部S地区は都内で最も大きな繁華街である。ほとんどの店舗が深夜、または二十四時間営業をしているため、たとえ日が落ちても目障りな程に明るいネオンが街を照らしていた。

数十年前の、新宿歌舞伎町を思い出してもらえればいい。

ここは、通称「夜のない街」と呼ばれていた。


オレンジ、ブルー、ピンクと、色とりどりに輝くネオンの中を、一人の男が駆け抜けていった。男は何度か後ろを振り返り、この街で唯一明かりの差さない場所、路地裏へと入っていく。すでに廃墟となったビルのさらに奥、人気のない空き地に辿り着いたところで男は息を整え、胸ポケットからディスクを取り出した。

ディスクを持つ手が震えている。

この中に施設の最重要機密事項が入っているのだ。これをセンターに差し出せば、自分の地位が格段に上がることは間違いない。一介の研究員が施設所長になることさえ夢ではないのだ。

光り輝く未来を想像し悦びに浸っている時、後ろの方から、笑い声とともに楽しげな声が聞こえてきた。

「もう、鬼ゴッコはおしまい?」

声のした方を見ると、高さ七、八メートルはあるブロック塀の上に少女が座っていた。月明かりが逆光になっていて、表情はよく見えないが……笑っているように見える。

慌ててディスクをしまい踵を返すが、そこにはもう一人、道を塞ぐ人物がいた。こちらには見覚えがある。所長の右腕とも呼ばれている人物だ。確か、名前を璃亜といったか。

「諦めなさい」

「もう、逃げられないよ」

少女──刹那は軽やかに塀から飛び降り、事もなげに着地すると、ゆっくりと間を詰めてくる。歩いているだけなのに、とてつもない威圧感を感じて男は何歩か後ずさった。すぐに右肩が璃亜の身体に触れる。

「ま、待て！　データは返す。だから、命だけは……」

刹那が目配せをすると、璃亜は男の後ろから手を伸ばしてディスクを受け取った。男がほっと胸を撫で下ろした瞬間、その背筋を寒気が襲う。

「あ……ぁ……」

子供とは思えない妖艶な笑みを浮かべて、刹那が男の脇をすり抜けた。

「バイバイ」

刹那の左手から想像を絶する力が放たれたのを、男は理解できただろうか。男の身体がふわりと浮き上がり、凄まじいスピードでビルの外壁に叩きつけられた。周囲に血が飛び散る。哀れな男は、その驚いた表情を最後に事切れた。唯一の救いは、男が何も分からないまま、痛みを感じずに最期を迎えたことくらいかもしれない。

「行こっ。璃亜」

無残な死体を残して、刹那は璃亜の腕を取り走っていった。

4

暗い室内に、カチャカチャとキーボードを叩く音だけが響く。ディスプレイの青白い光が、璃亜の整った横顔を浮き上がらせていた。

暗証コードとパスワードを入力し、施設のメインコンピュータにアクセスする。さらにそこからデータバンクに入り、昨日取り戻したディスクを挿入した。いくつものウィンドウが開き、そのそれぞれがディスク内のデータを保護しているとのメッセージを表示している。どうやら、あの男はデータを丸々コピーしたようだ。防御壁（プロテクト）を外した形跡も、外そうと試みた様子もない。

璃亜はリズム良くキーボードを叩き、次々と防御壁を突破していく。だが、肝心のデータには辿り着けなかった。

「……おかしいわ」

防御壁を一つ突破する度に、新しくウィンドウが開き別の防御壁が作動する。そのシステムはループ状に固定されているのか、何度繰り返しても終わりが見えない。

「どういうこと？」

取り戻したデータを確認することは、璃亜の役目である。そのために、璃亜は施設所長専用のパスワードを教えられていたし、いわゆるハッキングの技術も身に付けていた。

事実上、この施設内のデータで、璃亜が閲覧できないものはないはずである。その璃亜が、データの確認はおろか、ファイルを開くことさえできないのだ。これ程までの防御壁を必要とするデータとは一体何なのだろう。

時計を見る。午前七時前。だが、睦月はもう来ているだろう。

ディスクを取り出し、パソコンの電源を落とすと、璃亜は一つ深呼吸をして所長室へと向かった。

軽くノックをしたものの、何の反応もなかった。仕方なく璃亜は扉を開けて中に入った。

「失礼します」

睦月は椅子に腰かけて、書類を眺めていた。

「データです」

「あぁ。ご苦労だったな」

ディスクを置いても睦月は顔を上げない。昨日、あれだけの素振りを見せたにも拘らず、ディスクを見ることも、しまい込むこともしなかった。

璃亜は意を決して問い質した。

「所長。そのデータは、一体何なのですか？」

璃亜の腕をもってしても、開けなかったファイル。今となっては、あの男がこれをコピーできたことすら驚異に思われる。

睦月からの返事はない。璃亜は手の平に汗が滲んでいくのを感じた。自分でも気付かないうちに緊張していたようだ。

重苦しい沈黙が、二人の間に圧し掛かる。

それを破ったのは、意外にも睦月の方だった。

「もういい。下がれ」

「し、しかし……」

食い下がろうとした璃亜を、睦月の視線が射抜く。

その視線は、施設創立以来彼に仕えている璃亜ですら、凍りつかせるもの。殺気にも近い睦月の怒りを感じて、璃亜は頭を下げることしかできなかった。

「……失礼します」

扉が閉まるのと同時に電話が鳴った。

「センター長からお電話が入っています」

「繋いでくれ」

微かなノイズの後、回線が切り替わり、センター長の重厚な声が聴こえてきた。

「はい。……ええ。分かりました。はい。……はい」

電話を切って、睦月は溜息を吐いた。

センター長の話によれば、明日、センターから人工生命体が一体、そしてそのパートナーが訪ねてくるらしい。

もっともらしい建前を付けていたが、おそらくは内実調査だろう。

睦月は引き出しを開けて写真立てを取り出した。今はもうこの世にいない愛しい妻を見つめて、一人呟く。

「……私は、酷いことをしているのかもしれんな」

廊下を歩きながら、璃亜はずっとあのデータについて考えていた。

あのデータは、刹那のものだろう。

先程の睦月の表情を見て、璃亜ははっきりと悟った。刹那の真実を知っているのは、睦月と璃亜だけ。能力の計測データ以外は、この施設の所員はおろか、刹那本人ですら知らないのだ。

施設の最重要機密事項。それは刹那に関するデータを意味している。

製造過程、ボディチェックの結果。全てが、漏洩を許されないもの。センターにも、偽の報告書を提出している。

「璃亜ー!」

一点をぐるぐると巡っていた璃亜の思考を、遠くから聴こえる刹那の声が呼び戻した。顔を上げると、刹那がこちらに向かって走ってくる姿が見える。勢いよく飛び込んできた刹那を、璃亜は余裕で受け止めた。

「どうしたの？」

「遊ぼっ！」

えへへ、と笑いながら、子供らしい笑顔で言う刹那を、璃亜は思わず抱きしめた。目の前の刹那がとても愛しく感じられる。

決して幸せとは言えない身の上でも、いつでも刹那は笑っている。本当のことなど何も知らないのに。いや、知らないからこそこうして笑顔でいられるのか。

「どうしたの、璃亜？」

その問いかけには答えず、璃亜はただ刹那を抱く腕に力を込めた。そして、そんな璃亜に戸惑いを感じながらも、刹那はじっと璃亜に抱かれていた。

5

その日の夜。

刹那は夢を見た。

自分は今よりももっと幼くて、足早に歩く大人たちについていこうと、必死になって走っていた。

大人たちの一人が自分に気が付いて、足を止める。緩くウェーブのかかった髪、少し薄めの、形良い口唇。その綺麗な女の人は、膝をつき、息を切らせて走ってきた刹那の頰を、優しく包み込んだ。

顔を上げた刹那の頰にポタポタと涙が落ちる。

『ゴメンネ……』

逆光で顔がよく見えなくて、刹那は顔を近付けようとしたけれど、その人は手を離して行ってしまった。

『ゴメンネ……ゴメンネ……』

女の人は、壊れたテープのように、同じ言葉を繰り返す。

とても、綺麗な声だった。

なぜだか分からないけれど、その人と一緒にいたくて、行かせてはいけないような気がして、刹那は泣きながら叫んだ。

「行っちゃダメ!」

「ママ!」

自分の声で目を覚ますと、そこは見慣れた自分の部屋だった。刹那は咄嗟に頬に手を当てる。零れ落ちた涙が刹那の指を濡らした。

——あの女の人は誰だったんだろう。すごく懐かしい気がした。でも……。

「刹那のママは璃亜だもん……」

自分は、この施設で造られたのだ。母親などいるはずがない。母と呼べる人間がいるとすれば、それは唯一人、初めて目を開けた時からずっと一緒にいる璃亜だけだろう。そう思ってもあの人の顔が消えない。目を閉じれば、その髪が、その口唇が、そしてあの涙が浮かび上がる。

刹那は、自分が震えていることに気付いた。

自分で自分の身体を強く抱きしめる。

どうして。

どうして震えているのだろう。

枕元にあるインターホンが鳴った。おそらく璃亜だろう。

「いいよ」

スイッチを押してロックを外す。

この施設内で、刹那の部屋のみ、カードキーだけでは入れないようになっていた。刹那の部屋は、所長室と正反対の位置、最北の塔にある。塔自体に入れるのも睦月と璃亜だけに限られていたが、部屋に入るには、刹那の許可を得てロックを外してもらわなければならない仕組みになっていた。

「おはよう、刹那」

思っていた通り、そこにいたのは璃亜だった。いつもならば刹那も笑顔で返せたのに、今日は璃亜の顔が見られなかった。

「今起きたの？　お寝坊さんだね。今日はセンターからお客さんが来るみたいだから、早く着替えて所長室においで」

「うん……分かった」

答える声までもが震えている。

そこで初めて、璃亜は刹那の様子がおかしいことに気が付いた。ベッドの端に座って優しく話しかける。

「どうしたの？　怖い夢でも見た？」

その言葉に刹那の身体がピクリと反応する。

なぜ璃亜は分かるのだろう。自分の考えていることが。

そう。刹那には怖かったのだ。あの夢が、あの女の人が。知りたいけれど、知りたくない。知ってはいけないような気がする。もし知ってしまったら、自分が自分でなくなりそうで。

「……璃亜」

「何？」

あの夢のことを璃亜に訊いてみようか。そう思ったけれど、璃亜の顔を見てしまったら何も言えなかった。

「……何でもない」

それは嘘だと璃亜にはすぐに分かった。けれどあえて問い詰めることはしない。

「刹那が言いたくないのならいいのよ。話せるようになるまで待っているから。でも、私に隠し事だけはしないでね。……あなたは、私にとってかけがえのない存在なんだから」

そう言って刹那の肩を抱き頬に口付けると、璃亜は部屋から出ていった。

一人部屋に残された刹那はしばらく扉の方を見つめていたが、やがて思い出したようにベッドから下り、着替え始めた。

『かけがえのない存在なんだから』

頭を過《よぎ》った璃亜の言葉に複雑な笑みを浮かべると、刹那は素早く着替えて部屋を飛び出した。

6

刹那は廊下をフラフラと歩いていた。今日ばかりは所員が手を振っていることにも気付かない。

今朝の夢が頭から離れずボーッとしていた刹那は、曲がり角で何かにぶつかった。何にぶつかったのかと顔を上げると、そこには人好きのする笑顔を浮かべた背の高い男が立っていた。

二メートル近い長身と筋肉の付いた大きな身体。怖いという印象を与えかねない男だが、そこは持ち前の笑顔で何とかしているようだった。

「大丈夫かい？　嬢ちゃん」

男の体格に驚いた刹那は、言葉を発せずただ頷いた。

手を引っ張ってもらい立ち上がると、パタパタとお尻をはたく。

「悪かったな。よそ見してたんだ」

「……何やってんだ」

男の言葉に被さるように、少しハスキーな声が聴こえた。

声のした方を見ると、男の後ろから、刹那よりいくらか年上であろう少年が歩いてきた。褐色の肌と、その肌に映える、目を奪われる程に鮮やかな銀髪。見る者を捉えて離さない切れ長の瞳は、刹那と同じ紫だった。ダークブルーのレザーで上下を包んだ少年は、その美しさ故に、近寄り難い印象を受ける。

「所長室は見つかったのかよ？　お前が任せろっつったんだろ」

「悪かったな、方向音痴でよ。……お、そうだ」

不機嫌そうに話していた男は、思い出したように振り返り、刹那に笑顔を向けた。

「嬢ちゃん。所長室に連れてってくんねぇかな。案内の人間はいねぇし、迷っちまったんだわ」

「うん、いいよ。刹那も行くとこだったから」

「刹那ちゃんっていうのか。よろしくな。俺は久遠《くおん》ってんだ。で、あっちの無愛想なのが永久《とわ》」

少年を親指で指しながら、久遠は内心驚いていた。

——この娘が例の……。普通の可愛い女の子じゃねぇかよ。

「ヨロシク！」

久遠と握手を交わした後、そう言って刹那は永久にも手を差し出した。けれど、永久は手を出すことも刹那の方を見る様子もない。勢い良く差し出してしまった手前、簡単に引っ込めることもできず、刹那は少しだけ不満気に久遠を見た。その久遠はというと、額に手を当てて上を向いてしまっている。お手上げ、という意思表示らしい。

「こいつ、いつもこうなんだ。気にしないでくれ」

ポンポンと肩を叩いて宥められ、刹那は仕方なく頷いた。気を取り直して所長室へと歩いていく。さり気なく肩を抱いて久遠が隣を歩き出した。二人の後ろを、五歩くらいの間隔をあけて永久がついてくる。

ふと思いついた刹那は、隣を振り仰いで久遠に尋ねた。

「センターからのお客さんって、もしかして久遠さんたち?」

「ピンポーン。俺のことは、久遠って呼んでくれな」

それからしばらくは他愛ない会話が続いた。

施設内は広く、刹那の部屋と所長室は正反対に位置するため、歩いて十分以上かかる。その間のほとんどは久遠が一人で喋っていた。刹那は笑いながら時々相槌を打ったが、永久は一言も話さなかった。

施設内でも数の少ない木製の扉に辿り着いた刹那は、ノックもせずに勢い良く扉を開けた。所長室に隣接する応接室である。そんな刹那に驚きつつも、永久と久遠は後に続いた。

「璃亜、お客さん連れてきたよ！」

心持ち頭を下げて、室内に入った久遠の前に現れたのは――

一言で言えば絶世の美女。ロングのキャミソールワンピースには大きくスリットが入り、品良く薔薇の花が刺繍されている。腰まで届く長い髪は、刹那とは対照的にフェイスラインのみ蒼く染められ、白い肌を引き立たせていた。一文字に結ばれていた口唇が、刹那を見た瞬間に見事なカーブを描く。薔薇の色と同じルージュの色がとても美しかった。

しかしその笑みは長くは続かなかった。笑顔でいるのは刹那と話している時だけで、永久たちの方を向いた時には、その瞳の色は冷たくなっていた。

「お早いお着きで」

心なしか、敵意が混じっているようにも見えた。

抑揚のない声。冷酷とも言える、瞳の色。

後ろから、永久が小さく小突く。

「お前、あの女に何したんだ？」

「……いや、何もしてないと思うんだけどなぁ」

思わず、久遠は頭を掻いた。何といっても彼女と会うのは今日が初めてなのだ。璃亜に何かをしたはずがない。彼女の持つ敵意の理由が分からなかった。

璃亜はずっと永久と久遠を睨みつけている。

漂い始めた険悪な雰囲気を打ち消すように、睦月が声をかけた。

「よく来てくれたね。璃亜、何か飲み物を」

「はい」

左側のソファーに座るように、睦月は手で合図した。そして小さく溜息を吐く。永久たちに苦笑を見せてから、少し困ったように口を開いた。

「すまないね。あの子は、センターにあまり良い印象を持っていないようだ」

睦月にしてみればそれも仕方のないことだと思える。

まるで妹のように刹那を愛している璃亜にとって、あれこれとしつこく詮索してくるセンターは目障りこの上ない代物だろう。もっともそれは睦月にとっても同じことであるが。

「永久君と……久遠君だったか。今回の来訪目的は、データの測定及び能力の向上。期間は三ヵ月」

「ええ」

こめかみに手を当てて久遠が答えた。

「そちらの方は、睦月所長のご専門だそうで。機材もセンターより精度の良い物が揃っている……そう、伺ってきました」

「……データベースか」

「は？」

睦月は、自分のこめかみを人差し指で叩く。

「君のここにＩＣチップが入っているだろう？　そして全ての施設の基本データがインプットされている。違うか？」

今の時代において、体内に金属を埋め込むことなど当たり前と言っていい程だ。特に人工生命体のパートナーを務める人間にとっては。璃亜のように、何の外科的手術も施されていない方が珍しいのかもしれない。

久遠の場合は、小さな金属片を思考回路に埋め込んでいるのだろう。

「ご名答。流石《さすが》ですね」

「……なかなか頭も回るようだな」

睦月の言葉に、久遠は不敵な笑みを返した。

お互い、核心に触れる言葉は出さない。

久遠たちの本当の目的は、おそらく刹那だろう。刹那のデータは、センターにすら全てを見せていないのだから。

僅かな会話の間に、睦月は自分の予想が正しかったことを確信した。

穏やかな表情で話を続けながら、久遠たちへの対処の仕方を頭の中で組み立てていく。

「失礼します」

それぞれの飲み物を持って璃亜が戻ってきた。睦月と璃亜はミルクティ、刹那にはオレンジジュース、そして、永久と久遠の前にホットコーヒーを置く。そのまま久遠の正面、空いた席に腰かけると、改めて自己紹介がなされた。

永久は十六歳。とは言ってもそれは設定年齢であって、実際に稼動してからは一年も経っていないとのことだった。久遠は璃亜と同じ二十四歳で、センターに勤務して八年になるという。

それぞれの話が終わったところで、睦月は小さく手を叩いた。

「さて、これからの予定だが……とりあえず、今日はゆっくりしてもらおう。明日、永久君の個人テストを行う」

「それ以降は？」

「テストと測定の繰り返しだ。刹那のスケジュールと合わせて、共同テストも行うつもりでいる」

それだけ言うと、睦月は立ち上がった。

「璃亜、二人を部屋に案内して。それから刹那。今日はボディチェックの日だろう」

そして、元気良く返事をした刹那を連れて部屋から出ていく。

刹那が三人に向かって手を振っていた。

璃亜は笑顔で応えていたが、振り向いた瞬間、また元の表情に戻っていた。

「では、行きましょうか」

相変わらず、久遠に（もちろん、永久に対してもだが）冷たい瞳を向けて、璃亜は事務的な口調で告げた。

久遠たちの部屋は、特別に施設内に用意されていた。最上階、所長室からさほど遠くない部屋である。

三者三様の足音が廊下に響いていた。規則正しい璃亜の足音に対して、あまりにも騒々しい久遠の足音。不思議なことに、永久はまったくと言っていい程、足音を立てない。

長時間という訳ではないのだが、沈黙に耐えかねて久遠が口を開いた。

「そういえば、俺らの荷物は？」

「お部屋の方に運んであります」

会話はそれだけで虚しく終わった。とにかく、璃亜の方に打ち解けようとする気がないのだ。久遠が話しかけてもこちらを向かない。返す言葉も、必要最小限の事務的なことばかり。

「こちらが永久様、隣が久遠様のお部屋になっております」

そう言って、璃亜は二人にカードを渡した。

鈍く金色に光るそれは、ここの所員が持っているものと同じ。ただし、認証コードを変えてあるため、一般の所員よりは出入りできる場所が増えていた。

「カードキーです。部屋の扉はオートロックになっておりますので、ご注意下さい」

「ご親切にどーも」

その説明を聞くなり、永久は早々と部屋に入った。久遠の皮肉が通じなかったのか、璃亜は淡々と説明を続ける。

「部屋の設備はご自由にお使い下さい。施設内も、ごく一部を除いてそのカードで自由に出入りできます」

「ごく一部?」

「北側の塔です。あそこは、関係者以外立ち入り禁止になっておりますし、この所員も、限られた人間しか入室できません」

久遠は、璃亜の言い方が気になった。

言葉を選んでいるというか、何かを隠そうとしている——そんな印象を受ける。だが、同時に納得もしていた。この研究所は何かを隠している。それを突き止めるように、センターに言われていたからだ。

北側の塔とやらに、その秘密があるのだろう。

「その塔には、何があるんだい？」

久遠のその一言で、璃亜の表情がはっきりと変わった。どんな表情も読み取れなかった、無機質で人形のような顔つきに、明らかな怒りが浮かぶ。

やはり、そうなのだ。北側の塔には、センターに報告できない何かがある。

それは、あの少女に関係しているのだろうか。

「あそこは……刹那の部屋よ」

押し殺した声で璃亜が言った。鋭い目付きで久遠を睨むと、璃亜はそのまま踵を返した。

定期的に、ピッピッ……という電子音が聞こえる。

背に当たる、金属の冷たさが心地好い。

スチール製のベッドに、刹那は全裸で横たわっていた。

身体のあちこちに付けられた電極が、モニターにいくつもの数字とグラフを描いている。

「ねぇねぇ、所長」

「ん？　なんだい？」

表示された数字を、前回のデータと照らし合わせながら、睦月は優しく応えた。

「後で、永久君のとこに遊びに行ってもいい？」

そう尋ねる刹那の声はとても楽しそうだった。今まで施設内に同じ年頃の人間がいなかったのだから、それも当然だろう。

きっと刹那は嬉しいのだ。他の生命体と会うのはこれが初めてである。睦月はゆっくりと振り返り、刹那に微笑みかけた。

「永久君のこと、気に入った?」

「うん。すっごくキレイだよね。それに……何か、刹那と同じ感じがする」

「そうか」

刹那の言葉に頷きながらも、睦月は驚きを隠せないでいた。睦月もまた、刹那と同じ印象を永久に抱いていたからだ。

あの少年はセンターで造られた人工生命体。その事実に間違いはない。けれど、彼は他の生命体とは、何かが違う……何かが。

機材が検査終了を示す音を鳴らすと、睦月は我に返った。

慌ててモニターに向き直る。

「……異常なし。いいよ、行っておいで」

——同じ……か。

考え込む睦月をよそに素早く服を着ると、刹那は走り去っていった。

7

「で、どうなんだ?」

「……何が」

璃亜が去ってすぐ、久遠は永久の部屋に来ていた。

「刹那ちゃんだよ。どっからどう見ても、普通の女の子だよなぁ。センターの連中が、あそこまで気にするようには見えねぇ」

馬鹿が……と、永久は心の中で毒づいた。

久遠は何も気付いていないのか。

刹那は他の生命体とは違う。どこが違うのかと問われたら、答えることはできないだろう。だが確かに違うのだ。それは目に見えない部分なのかもしれない。

会った瞬間に、刹那が特別な存在であることは肌で感じ取った。ここの所長にとって、あの璃亜という女にとって。

そして、自分にとっても。

「アイツ……」

——オレと……同じ？

一体、何が同じなのか。それは永久にも分からなかった。

製造過程、所持能力。性別も違えば設定年齢も実働年数も違う。永久が実際に稼動してから八ヵ月しか経っていないのに対して、刹那は三年近くになると言っていた。その間に学んだことも、吸収したことも、まったくバラバラなはずだ。

どうして同じだと感じるのだろう。

永久が俯いて考え始めた時、ドンドンと大きな音を立てて扉がノックされた。動く様子のない永久を見て、久遠が仕方なしに扉を開けにいく。すると、開いた扉の隙間から、刹那がひょっこりと顔を出した。

「お、刹那ちゃん。ボディチェックとやらは、終わったのかい？」

「うん。ねぇ、一緒に遊ぼ？　施設の中、案内してあげる」

「そうだなぁ……おい、永久」

久遠は思いついたように永久に声をかけた。永久に行かせるつもりだったからだ。これから、久遠はセンターに最初の報告書を送らなければならない。無事、刹那と接触したこと。その時の様子。それから、睦月がこちらの目的に勘付いていること。

「お前行ってこいよ」

なんでオレが、と目で語る永久の耳元に、久遠は小さく囁いた。

「何だかんだ言って、お前、刹那ちゃんのこと気になってるんだろう？」

「久遠は来ないの？」

ごめんな、と茶目っ気たっぷりに片目を瞑ってみせて、久遠は二人を送り出した。残念そうな顔をしていた刹那も、すぐに笑顔になって永久を見つめる。

「行こっ！」

言うやいなや、刹那は永久の腕を摑んで走り出した。つられて永久も走り出す。見る間に小さくなっていく二人の後ろ姿に、久遠は笑いながら手を振った。


国立遺伝子研究所は、地上三階、地下一階の、四階建ての建物である。最上階には、所長室と応接室、璃亜の私室と、今回のような来客のためのゲストルームがあった。二階は全てそれぞれの所員の実験室兼私室になっており、一階の半分も同じようになっている。残りの半分は、事務関連の部屋と応接室で、個人登録はここで行われることになっていた。地下は全てが実験室、それも様々な耐久性に優れた設備を有し、能力の測定やテストはこちらで行われている。各種のトラブルを考慮した上で、普段は立ち入り禁止になっていた。

そしてもう一つ。この施設内で最も重要な場所があった。

それは北の塔である。高さでいえば地上四階分になるこの塔は、最上階に刹那の部屋とボディチェック用の部屋があるだけで、それより下は螺旋階段と緊急時用のエレベーター以外何もなかった。

その一つ一つを刹那は歩きながら説明していった。一時間近くはかかっただろうか。もちろん自分の暮らす塔については一切何も言わない。睦月と璃亜に固く口止めされていたからだ。

刹那の右手は相変わらず永久の腕を掴んだままだった。その永久も、手を払うのが億劫なのか、はたまた満更でもないのか、無理に手を振り払おうとはしなかった。

なんとも微笑ましい光景である。

しばらくの間、そうして施設内を歩いていたが、やがて耐えかねたように永久が口を開いた。

「……おい。どこまで連れていく気だ」

永久の言葉に、刹那は振り返らずに答えた。

「刹那のお気に入りの場所だよ！」

そう言って、刹那はロビーの裏手にある扉を開けて、永久を外に連れ出した。

この施設は、アルファベットのLを横にした形で建っている。その内側の部分が、庭のようになっていた。

よく手入れされた芝生と、季節ごとの樹木が植えられている。中庭の一角、人目を避けるように樹木に囲まれた小さな池のほとりが、刹那の気に入っている場所だった。永久の腕を離して芝生の上に腰を下ろす。

「テストがない時とかはね、いつもここにいるの」

刹那の手や肩に、何羽かの小鳥がとまる。慣れているのだろう。

人工的に造り出された刹那にとって、自然は最も重要で最も大切なものだった。

だから、いつもここへ来る。

太陽の光を浴びて、木々のざわめきに耳を澄まし、小鳥たちと戯れる。

この上もなく幸せな時間だった。

そんな刹那を見つめる永久の瞳が、段々と穏やかになっていく。永久自身、そのことに気付いていない。

「……不思議なヤツだな。お前」

呟きは小さすぎて、刹那の耳には届かなかった。

8

翌日。

施設の最下層にある実験室で、永久の能力測定が行われた。永久の能力は、発火である。

ここの地下一階は、三つの実験室に分かれている。一号室が、能力の測定などの基本テストに使われる場所で、今、永久がいる部屋だ。二号室は個人の訓練用になっており、刹那は主にこの部屋で、普段からテストをしていた。最も広い三号室は、生命体同士の実戦形式のトレーニングが可能な作りになっていたが、刹那が製造されて以来、まったく使われていなかった。

三つの実験室全てに、特殊なホログラフィーシステムが完備されていて、仮想の街中で、仮想の目標を狩ることができる。そのため、二号室と三号室は壁や床に凹凸があった。その部分に建物の立体映像を合わせるのだ。

室内はモニタールームとテストルームに分かれており、この立体映像は、テストルームかモニター越しにしか見えないようになっていた。

今も、モニターに次々と人影が現れては、燃え尽きていく。

「攻撃性はなかなかだね。精度に少し問題があるな」

表示されたデータを見ながら、睦月は呟いた。

測定値は威力八十七パーセント、命中率六十二パーセントだった。命中率は少なくとも七十パーセントを越えていることが必要とされる。

「これから約一ヵ月間、ハンティング・テストを行っていこうか」

「ハンティング・テスト？」

久遠が尋ねる。センターでは聞いたことのないテスト名だった。

「ああ。簡単に言ってしまえば、狩りをしてもらうんだ。まあ、読んで字の如く、だけどね」

精度を上げるにはピッタリなんだ。そう付け加えて、睦月はまたモニターに向かった。今日の測定結果を数値とグラフにして、プリントアウトする。

「刹那ちゃんとの共同テストとやらは、いつやるんすかね？」

久遠のその一言で、睦月の後ろに控えていた、璃亜の表情が険しくなる。睦月はゆっくりと振り返り、笑顔で久遠を見つめた。

「随分と刹那のことを気にするね？」

「どっちかって言ったら、気にしてんのはアイツの方なんですけど」

久遠は、永久をちらりと見やった。

「まあ、俺だって気になりますよ。……どんな能力を持っているのか、とかね」

挑発の意味を込めて、久遠は不敵な笑みを見せた。けれど睦月はさして気にする様子もなく、さらりと久遠に提案した。

「だったら、後で僕の部屋に来ればいい。刹那の実験データを貸してあげるよ」

「……そりゃどーも」

「永久君、あがっていいよ」

「宜しいのですか？」

所長室に戻ってすぐに、璃亜は尋ねた。

もちろん先程の睦月の発言に対してである。あんなにもあっさりと、睦月がデータを見せることを承諾するとは、思いもしなかったのだ。

「構わんさ。どうせ、センターにも提出しているデータだ。それに……」

睦月は二冊のファイルを放り投げる。それは永久と久遠のものだった。ファイルを手に取りパラパラとめくっていた璃亜の手が、ある一行を目にした瞬間に止まった。『情報管理』という久遠の役職名に目が釘付けになる。

このことはセンターから告げられていなかった。全施設の個人データを参照して初めて気付いたのだ。

センターは意図的に隠していたのだろう。

つまり、これで久遠たちの目的が利那だったと断定できる。

「何か餌を与えんと、余計な詮索をされるだけだ」

実験データなど、いくら見られても構わない。本当に知られてはならないのは刹那の製造理由と過程なのだ。

「このファイルを久遠君に渡しておいてくれ」

そう言って、睦月は分厚いファイルを璃亜に手渡した。

9

その日、その次の日と、毎日のように刹那は永久の部屋を訪れた。任務のある日を除いて、ほぼ連日。

何をするでもなく、これといった話をする訳でもない。ただ池のほとりに行き、日光を浴びて過ごすだけだったのだが、刹那はそんな日々を楽しんでいるように見える。

そして、永久も。

時計を見る回数が増え、いつもの時間に刹那が顔を見せないと、思わず首を傾げてしまう。そんな自分がいることに気付いた。刹那のように、一緒にいる時間を楽しみにしているのではない。少なくとも、そう自覚したことはない。けれど刹那が部屋を訪れ、池のほとりで午後のひとときを過ごす。それが当たり前のように、日常生活の一部になっていた。

今日もまた、無意識のうちに時計を眺めている。もうすぐ午後三時。刹那が来るだろう時間だ。

永久のテストは、いつも午後零時から二時にかけて行われている。その後の休憩時間を考えて、刹那は大体三時頃に訪ねてくるのだ。

——……ポーン。

静かな部屋に響いたインターホンに、永久は心持ち足早に、ロックを外しに向かった。待ち遠しい、という感覚とは違うけれど、どこかで期待していたチャイムの音。

「おはよー。……あ、もうこんにちは、か」

「今日は早いな」

その台詞が自分の口から出たことに、永久は小さく苦笑した。いつの間にか、刹那の来る時間が『早い』『遅い』と判断できるようになっていたなんて。それだけ自分の中で、刹那の存在が大きくなっているということか。

刹那はそんな永久に気付く様子もなく、無邪気に笑って永久と腕を組んだ。

「ねぇ、今日のテストどうだった？」

のんびりと庭に向かう道すがら、刹那は尋ねた。会う度に最初に口にする、お約束の質問だ。永久もそれを理解した上で返事をする。

「別に。いつもと同じだ。まぁ……センターにはなかったテストだし、ゲームに近い感覚だからな。退屈はしてない」

聞く側からしてみれば、あまり感情が伴っているとは思えない返答だが、刹那は笑顔で相槌を打っている。

そこで永久は、ふと意外な事実に気が付いた。

ハンティング・テストを始めてから二週間近く経つのにも拘らず、実験室で利那の姿を見かけたことがないのだ。まさか施設関係者の刹那が、実験室への入室を禁じられているはずもない。任務がずっと続いている訳でもない。現に、こうして刹那が永久の元に来ているのだから。

では、なぜだろうか。

偶然？　ありえない。刹那に関心がない？　それならば、永久にテストのことを聞く必要もないだろう。

考えられる理由は一つだけ。睦月が許可していない場合だ。睦月は、刹那が他の生命体と接することを、極力避けようとしている。

「うん。所長がテストなんて見る必要ないって……」

「他の連中のテストも、見たことがないのか？」

「そうだよ。だって、他のお友達は、刹那と会う前にセンターに行っちゃったし……」

そう呟いた刹那は、淋しそうな表情を見せた。事実、刹那は淋しかったのだろう。他の生命体を『お友達』と表現したように、彼らに対してある種通じるものを感じていたはずだ。睦月と璃亜だけでは足りないという意味ではない。同じ立場に立つ生命体と、もっと触れ合いたかっただけだ。

「だから、こんなにたくさんお話したお友達は、永久君が初めて」

永久の右手を両手で包んで、刹那は満面の笑みを浮かべた。仲間と会えたことが、こんなにも嬉しい。まして、それが自分と同じ雰囲気を持つ永久だったのだから、なおさら。

刹那の笑顔を見た永久の心に、温かいものが湧き上がる。けれど同時に、罪悪感に似た感情も拭えなかった。

もし。もしも任務が与えられていなかったら、どんなによかっただろう。そんなものを抜きにして、純粋に刹那と出会えていたら……。そうだったならきっと、自分も刹那のように笑えたのに。

『上手く刹那ちゃんに近付けたみたいだな』

『あの娘はまだ子供だ。話してる間に、何かこぼすかもしれない』

『いいか。できるだけ情報を聞き出せよ』

久遠の言葉が脳裏を過ぎる。

自分たちに与えられた任務は、この研究所の秘密——刹那を探ること。睦月や璃亜はもちろん、刹那にとっても敵対する立場にいるのだ。だからこそ、刹那の寄せる好意が嬉しくて、そして苦しい。

本当のことを知ったら、刹那はどう思うのだろう。

裏切ったと罵り、恨んでくれるならまだいい。だが、もし刹那の心に傷をつけてしまったら、どうやって償えるというのだ。

いっそ、このまま何も分からなければいい。調査の結果、目ぼしい情報がなかったということになってしまえばいい。あの久遠がそう報告すれば、センターも納得するだろう。刹那の身の安全も保障される。

「永久君?」

「……ごめんな」

『何もできなくて』——その言葉を飲み込んで、永久は唇を嚙み締めた。都合のいい、他力本願。けれど今の永久は、それに頼るしかなかった。そして、刹那に謝ることしかできなかった。

10

それからしばらくの間は、単調な日々が続いた。

永久はハンティング・テストと測定を繰り返し、着実に能力値を上げていった。今では、威力九十二パーセント、命中率七十九パーセントを記録している。

そんな中で、刹那との共同テストが行われることが決定した。永久たちが施設に来てから、約一ヵ月後のことだった。

刹那の任務が続き、落ち着いて身体を休める時間がなかったからである。ようやく一週間の休養が取れたので、今回のテストに踏み切ったのだ。

前日のボディチェックの結果は、まったく問題なかった。そのため、睦月は今日二つのテストを予定していた。一つは刹那の定期テストとして行われているハンティング・テスト。もう一つは、初の共同テストとなる実戦形式のテストだった。ボクシングのスパーリングのようなものだと思ってもらえばいい。

まず初めに、二号室で刹那のハンティング・テストが行われ、永久と久遠もモニタールームに招かれた。室内にいるのは睦月、璃亜、永久と久遠、助手を務める所員五人の、計九人。所員たちが機材の電源を入れ、それぞれの位置に着いたことを確認して、睦月はマイク越しに刹那に声をかけた。

「準備はいいかい?」

「いいよー！」

ガラスの向こうで、刹那は親指を立てて笑った。

「よし。では、テストを開始する」

睦月の言葉を合図に、様々な立体映像がテストルームに現れた。数々の建物、コンクリートブロックやドラム缶、木材といった道具。そして、逃げ回る人影。

刹那はビルからビルへと飛び移り（実際には、壁の凹凸を飛んだだけだが）、次々と狩りをしていった。

いくつもの人影が焼け焦げ、木材に串刺しにされ、時には地面に叩きつけられて消えていく。

「……すげぇ」

モニターの映像に久遠は言葉を失った。

事前に刹那の実験データを見ていたとはいえ、実際の刹那の動きは遥かに予想を超えている。

そして何より、刹那の表情が信じられなかった。

刹那は笑っていたのだ。

これ程までの破壊活動を刹那は笑顔で行っている。まるで、水を得た魚のように生き生きとした表情で。

久遠は背筋が寒くなっていくのを感じた。

「どうだい?」

満足そうに微笑んで、睦月は久遠に問いかけた。

「刹那はどの能力においても、攻撃性九十八パーセント以上、精度九十五パーセント以上を記録している。全ての生命体の中で、一番高い能力値を持っているんじゃないかな」

刹那の前に、また人影が現れる。

逃げ惑うその背に向かって刹那はドラム缶を飛ばした。

その瞬間、刹那は見た。突如人影がこちらを振り返った。刹那の動きが止まる。宙に浮いたドラム缶も、目標と接触する前に落ちた。

「どうした?」

「刹那!?」

いち早く異変に気付いた璃亜が、慌ててガラスに駆け寄った。

目の前にあったはずの人影が、今、あの夢の女の人となって、刹那の前に立っている。

その人は、俯いて涙を流していた。

——ゴメンネ……ゴメンネ……

「所長!」

モニターを見ていた所員の一人が、大きな声を上げた。

「刹那を中心に、高エネルギー反応が出ています!」

「なんだと!?」

その言葉の通り、計器には今にも針が振り切れそうな程の反応が出ていた。

測定器が警告音を響かせる。機材のいくつかが、刹那の能力に耐え切れずショートした。

「まずいぞ……これは……」

「まさか！」

刹那の足元から、エネルギー波が渦となって巻き起こった。

あらゆる条件下での耐久性に優れた実験室でさえ、刹那の発するエネルギーに振動している。

この状況は、以前に一度だけ経験したことがある。

これは……。

「暴走だ」

それを聞いた瞬間、璃亜は扉に向かって走り出していた。三つあるロックを外し、扉を開けようとする。睦月はすぐに後を追い、璃亜を後ろから羽交い締めにした。

睦月を振り払おうと、璃亜はもがく。

「落ち着くんだ！　今、中に入ったら、怪我では済まないんだぞ！」

そう。

以前の時は、ドアを開けてしまったばかりに大惨事を招いてしまったのだ。

実験室内にいた人間の大半が死に、運良く生き残った人間も、数え切れない程の裂傷を負い、手足を失った。

睦月はその生き残りの一人である。最も怪我が軽かった彼も、右目の視力と、愛する家族を失った。

今ここで扉を開けてしまったら、あの時と同じ事態になってしまう。それだけは避けなければならなかった。

「でも、刹那が……」

璃亜の視線の先で、刹那は一点を見つめて立ち尽くしている。

——ゴメンネ……

その人の頬を伝った涙が、一滴だけ零れ落ちる。

その時初めて、目の前にいる女の人の顔がはっきりと見えた。

――刹那……

「……マ……マ」

自分と同じ、二重の大きな瞳。

通った鼻筋。

少し薄い口唇。

全てが、刹那に瓜二つだった。

「イヤアァァァ……!!」

スピーカーから刹那の泣き叫ぶ声が聴こえる。刹那は指の節が白くなる程力を込めて耳を塞ぎ、その場に蹲った。

何度も首を振る。けれど、彼女を呼ぶ声は止まず、刹那の頭の中をかき乱した。頭が割れるように痛い。

「刹那！　刹那!!」

何とかして刹那の元へ行こうと、璃亜はさらにもがいた。

「久遠君！」

久遠に璃亜を任せ、睦月はモニターに向かった。

マイクのスイッチを入れ、刹那に呼びかける。

「刹那……。聴こえるかい、刹那？」

睦月の声にも刹那はただ首を振るだけだった。

ビー！　と大きな音が鳴る。全ての計測器の針が振り切れていた。ひときわ大きくなった警告音が、慌しいモニタールームに響く。

睦月はもう一度、マイクに向かった。

「刹那。良い子だから、落ち着いて……」

「所長！」

言葉の途中で、何人かの所員が叫び声を上げる。

銃弾すら貫通しないはずの強化ガラスに、ヒビが入り始めていた。ヒビは見る間にガラス全体に広がり、今にも砕け散りそうに見える。ここでこのガラスが割れてしまったら、あの惨事の繰り返しになる。家族を失った、あの時と同じ……。

「総員退避！　ここは私たちに任せろ！」

室内にいた所員全員が、重要なファイルや書類を抱えて走り去っていく。

その間を縫うように、永久がこちらへ歩いてきた。永久の瞳はまっすぐに刹那を捉えている。

「永久君……何を……」

睦月の言葉を無視して、永久は躊躇うことなく扉を開いた。

永久がシールドを張っていたのだろうか。不思議なことにモニタールームには異変が起きなかった。

永久はサイキックを持っていない。その彼がなぜ、シールドを張ることができたのだろう。それとも、これが永久の真の実力なのか。

だがそれも、テストルームに入るまでしかもたなかった。扉を閉め、テストルームに足を踏み入れた瞬間、凄まじいエネルギー波が永久を襲い、全身に裂傷が走る。

それにも怯むことなく、永久は一歩一歩、刹那に近付いていった。

「……ママ……」

「刹那」

はっきりと刹那の名を呼び、左手を差し出す。

刹那がゆっくりと顔を上げた。

「ママって……何?」

そう言った刹那は泣いているはずなのに、どこか笑っているように見えた。

差し出した永久の腕から、鮮血が迸る。

「イヤァ!」

刹那は怯えていた。

止めることのできない自分の力に。永久の腕から流れる血液に。そして、あの夢の女の人に。

永久の服はいたる所が裂け、今や赤く染まっていた。それでも永久は立ち止まらず、血塗れの腕で刹那を抱きしめる。

「大丈夫だ……」

震える刹那を強く抱きしめて、永久は何度も耳元に囁いた。

「大丈夫……」

その言葉に根拠などあるはずもないのに、なぜか刹那の心に安らぎを与えた。段々と刹那の身体から発せられるエネルギーが弱まっていく。それに伴って喧しいサイレンの音も小さくなっていった。

「信じられん……」

睦月は呆然と呟いた。

いくら生命体同士であるとはいえ、能力の暴走を止めることなど、不可能だと思っていた。

それが、まさかこんなことになるとは……。

警告音が止まった。どうやら、刹那は気を失ったようだ。永久が抱きかかえ、こちらに歩いてくる。先程の恐怖と戸惑いが綯い交ぜになって、他の誰も動けなかった。

11

永久の足元からは、ポタポタと血が滴っていた。立っているのさえやっとという状態で、それでも永久は刹那を抱き上げていた。

刹那の顔は蒼白で、見ている者の不安をかき立てる。

璃亜に刹那を預けた直後、永久はその場に崩れ落ちた。

我に返った睦月が、内線に駆け寄る。

「二号室前、担架を二台持ってきてくれ！　大至急だ！」

それから間もなく、担架と白衣を着た所員が到着し、刹那と永久がそれぞれ載せられた。

この時すでに、永久は意識を失っていた。失血のためだろう。

「璃亜と久遠君は、医務室で永久君の手当ての手伝いを！　刹那は私が連れていく」

頷いた璃亜を後にして、睦月は塔に向かった。急いで、ボディチェックをしなければならない。緊急時用のエレベーターを作動させ、刹那をチェックルームに運び込む。

機材の電源を入れ、手早く電極を繋ぐと、いくつもの数字がモニターに表示された。その数値を見て睦月は愕然とした。

全ての数値が赤く点滅している。警告を示しているのだ。どの数値をとってみても、普段の半分以下になっている。

「そんな……馬鹿な……」

最も問題だったのは、再生数値である。

通常、人間の身体は、毎日古い細胞と新しい細胞が入れ替わることで形成されている。その新しい細胞を作るための数値が再生数値だった。今の刹那の身体には、この数値が三パーセントしかない。つまり、正常な細胞の入れ替わりが行われないということだ。

ただ古い細胞が朽ちていくだけで、新しい細胞の生成が追いつかない。このままでは、内臓が壊れ、やがては皮膚にもその影響が及び、近いうちに死を迎えることになってしまう。

何としてでも刹那を救わなければならない。

睦月は、チェックルームの端末から自分専用のデータファイルに接続した。マウスを動かし目的のものを表示させる。

「これか……」

それは、数年前に作成された遺伝子組み換えのための処置データだった。

能力の負荷から身体を守るために、能力を有する遺伝子を抽出し、通常の遺伝子データに書き換え、体内に戻すのだ。

能力は失われるものの、それによって生命体の寿命は確実に延びる。

「待っていろよ……刹那……」

この処置を施したとなればセンターが黙っていないだろう。刹那の存在を許さないかもしれない。

けれど睦月は、何がなんでも刹那を守るつもりでいた。たとえ自分の命と引き換えにしても。

改めてコンピュータに向き直り、ファイルの修正をしていく。その背には、確かな覚悟が現れていた。

12

一週間後の早朝。

永久の部屋のインターホンが鳴った。無視して狸寝入りを決め込んだ永久だったが、インターホンは何度も鳴り、挙句の果てに乱暴なノックまでされて、結局は渋々と起き上がった。

ロックを外す。どうせ、久遠だろうと思っていた。

「うるせぇよ……」

しかし、扉の向こうにいたのは璃亜だった。扉が開くなり中に入ってきて、室内を見回す。

「刹那は？　刹那は来てないの!?」

璃亜の言った内容に永久の眠気は一気に醒めた。

ここまで探しにくるということは、刹那が部屋にいないということだ。まだ動ける状態ではないはずだが……。

無駄だとは分かっていたが、永久は尋ねた。

「部屋にいないのか？」

「そうよ。安静にしていないと駄目なのに……。あぁ、もう……どうしたらいいの……」

「ここの職員に手伝わせないのか？」

「駄目よ！　今の刹那の状態は一部の人間にしか話していないもの。それに、誰からセンターに話が漏れるか……」

璃亜は、相当動揺しているようだ。そのセンターの人間が目の前にいるというのに、そのことに気付く余裕さえない。

だが永久はそれよりも刹那の容態が気になっていた。安静にしていなければならないというのは百も承知だが、璃亜がここまでうろたえる程、酷いのだろうか。

「また暴走する可能性は？」

「ゼロとは言えないけれど、その可能性は低いわ。ただ、基本的な身体数値が安定していないの。いつ倒れるか分からない状態よ」

そこまで言うと、璃亜は額に手を当てて俯いた。白い手が震えている。それを横目に見ながら永久は言った。

「……オレも探しに行く」


『三月三十日。午前十一時。

来訪以来初となる、マテリアルTと目標Sの共同実験が行われる予定になっていた。だが、その実験の先駆けとなるSの個人実験中に不測の事態発生。Sの能力値が規定を大きくオーバー。測定、制御ともに不可能な状態に陥った。

これにより、共同実験は中止。Sは意識不明の状態である。Tも多数の傷を負ったが、どちらも命に別状はないと思われる。

現在、睦月施設所長がSの治療を行っているが、詳細は不明。

追って連絡する。』


そこまでを一気に打ち込んで、久遠は煙草に火を点けた。大きく息を吸って目を閉じる。報告書の内容を頭の中で反芻してみる。不明な点は多いが、それも仕方ない。現時点ではあの内容が精一杯だろう。

マウスに手を伸ばす。送信ボタンをクリックしようとした時、突然、後ろから声がかかった。

「……何してる」

久遠は後ろを振り返った。ドアの所に永久が腕を組んで立っている。

「ノックくらいはするもんだぜ」

そう言って久遠は茶化そうとしたが、永久がそれに乗ってくることはなかった。久遠が、小さく舌打ちをする。よりにもよって、こんな時に永久が現れるとは思わなかった。理由は定かではないが、永久は刹那に惹かれ始めている。それと同時に、今回の任務にも反感を持ち始めているのだ。

「刹那を売る気か?」

「人聞きの悪いことを言うな。初めからこれが俺たちの任務だったろう」

久遠の言葉に永久は耳も貸さない。強引に久遠を押し退けてパソコンの前に立った。ディスプレイに並んだ文字が、一気に目に飛び込んでくる。その内容を確認するかのように、二度目を通すと、永久は目付きを鋭くしてパソコンを睨み付けた。

次の瞬間、あちらこちらから火花が飛び散り、ディスプレイがブラックアウトする。それを見た久遠が慌ててパソコンに駆け寄るが、どのボタンを押しても反応はなかった。電源すら入らない。どうやら完全に壊れてしまったようだった。

「永久、てめぇ……！」

怒りを顕わにした久遠が、永久の襟首を摑み上げた。

「どういうつもりだ!?　てめぇも納得した上で、この任務に就いたんだろうが！」

「黙れ」

首元を締め付けられている状態にも拘らず、永久は顔色一つ変えなかった。

ただ、目付きは険しいままで、紫の瞳に久遠を映している。

そして、ゆっくりと久遠の腕に触れた。

目にも鮮やかな紅い炎が久遠の腕を舐める。

「うわっ！」

咄嗟に手を引いた久遠だったが、炎は服の表面を少し焦がしただけで、自然と鎮まった。

「……永久。お前、何を考えてる？」

永久と距離を取り、焼かれた腕を押さえた久遠は静かに問いかけた。

永久が刹那に惹かれ始めている。それは、ここに来てから段々と穏やかになっていく永久の表情で気付いていた。そして、その理由が、人工生命体同士だからこそのもので、久遠には理解できないものだろうということも充分承知している。

だが、センターの命令を拒否するということは、センターを裏切ることと同義であり、それは施設で造られた人工生命体にとって死を意味することに他ならない。

それだけのリスクを犯してもなお、永久は刹那を想うのだろうか。それ程までに、刹那は永久にとって価値ある存在だというのか。

「永久……」

「アイツは、俺が守る。そう決めた。誰にも文句は言わせねぇ」

淡々とした、静かだが有無を言わせない強さを秘めた声。覚悟を決めた、鋭い瞳。

立ち尽くす久遠に背を向けて、永久は部屋から出ていった。


刹那が一体どこにいるのか、永久は予想していた。いや、それは予想というよりも確信に近かったのかもしれない。刹那はあの庭にいる。そう信じて疑わなかった。迷わずにロビー裏手の扉を開け、中庭に出る。まっすぐに池に向かうと、思った通り芝生の上に刹那が寝転がっていた。永久はゆっくりと近付き刹那の隣に腰を下ろす。

刹那は目を閉じていた。眠っているのだろうか。

そっと前髪をかき上げると、閉じられていた目がパッチリと開く。

「……起きてたのか」

「うん……。ねぇ、今の、もう一回やって」

請われるままに、サラサラとした髪を撫でる。刹那は気持ち良さそうに目を細めた。

「永久君の手……ママと似てるね……」

「璃亜にか？」

「ううん……本当のママ」

永久は黙り込んだ。

今、刹那の言ったことは何を意味しているのだろうか。自分たち人工生命体には、父も母もいないはずだ。特殊な遺伝子と人工的に作られた細胞を使って試験管の中で造られたのだから。いるのはただ、主である製作者とパートナーだけ。その二人以外、近しいと感じられる人間などいない。生命体たちは、生まれた時から孤独を背負っている。親も、兄弟も、家族と呼べる人間は一人もいないのだ。それでも刹那は璃亜を姉として、母として慕っていたけれど。

「お前の母親は璃亜じゃないのか？」

母親などいない。そう刹那に告げることは、なぜかできなかった。だから永久はあえて璃亜の名を出す。

「そう……だね」

永久の言葉に刹那は寂しげな笑顔を見せた。

だがその直後、刹那は突然咳き込み始めた。芝生の上で苦しげに身体を丸め、咳を繰り返す。

「大丈夫か!?」

いくら背をさすっても、刹那の咳は治まらない。

嫌な予感がした。

やがてガボッという嫌な音とともに、刹那が大量の血を吐いた。その血が赤く、どす黒くないところを見ると、静脈からの出血ではないようだ。すでに内臓のいくつかが壊れ始めているのかもしれない。

永久は刹那の身体を抱き上げたが、大量吐血のショックからか、刹那は気を失ってしまっていた。

「刹那！　しっかりしろ、刹那！」

刹那を呼ぶ永久の声は、吹きすさぶ風に掻き消された。


それから三日間、刹那の意識は戻らなかった。

睦月と璃亜が、日に何度も刹那の元を訪れていたが、四日目に意識を取り戻したということ以外、何も教えられなかった。

耐えかねた永久は、意を決して所長室へと向かった。

13

「アイツに会わせてくれ」

無理を承知の上で、永久は睦月に願い出た。

刹那の部屋に入るのが容易ではないことは、久遠を通して璃亜から聞いていている。

それでも、今会わなければならないような気がするのだ。

あの事故以来、刹那が口にするようになった母親のこと。そして、永久の返答に儚げに微笑んだこと。

今、この時を逃してしまえば、その意味を知ることができなくなる。

そんな気がしていた。

「……ついてきなさい」

長い沈黙の後、やがて睦月が答えた。

所長専用である銀のカードキーを手にした睦月の後を、璃亜、永久、久遠の順でついていく。

誰も、何も言わなかった。

あの久遠でさえ、一言も口をきかなかった。

一度、全員で一階に降り、塔へ入るためのゲートをくぐる。塔までの道には、この施設内に入場するのと同等のセキュリティシステムが敷かれていた。塔へ入る扉、螺旋階段の入口と出口、刹那の部屋の扉。それぞれで、カードの認証とパスワード、そして指紋チェックが行われる。歩いている時、本来ここに入ることができるのは、睦月と璃亜だけだと聞いた。

刹那の部屋の前で睦月が立ち止まる。いつもならば、ここでも同じようにセキュリティをパスした後、刹那本人の了承を受けて扉のロックを外してもらうのだが、今は刹那の体調を考慮した上で、所長専用のカードでのみロックが外せるようにシステム変更してあった。

カードを差し込むと、微かな電子音とともに扉が開く。

そこは、何もない部屋だった。

机と椅子、ベッドに、小さなクローゼット。およそ生活していく上で必要最小限の物しか置かれていなかった。

そのベッドの上で刹那は横になっている。

池のほとりで倒れた時よりも顔色が悪く、さらに痩せたようだった。

「刹那。ちょっといいかな?」

控えめな睦月の声に、刹那はゆっくりと瞳を開いた。永久と久遠の姿を見て、少しだけ驚いたような表情になる。

「私が連れてきたんだよ。彼は、刹那の命の恩人だ。それに……」

「オレが会いたいと言った」

永久の言葉に、刹那は笑顔を見せた。そして、そのままの笑顔で、璃亜と久遠を見つめる。まるで、安心させるかのように。

睦月に視線を戻して、刹那は小さく首を傾げた。

「お話、あるんでしょ?」

睦月は、頭の中で考えていたことを噛み砕いて説明した。

遺伝子を組み換える処置を予定していること。大掛かりな手術は伴うが、それさえすれば健康な身体を取り戻せるということ。能力は失うが、もう、いつ倒れるのかと怯える必要がなくなること。

センターへの対応が難しいことを除いて、睦月は全てを話した。

「どうだい？」

けれど、刹那は首を横に振った。

刹那のその反応に、全員の動きが止まる。

「どうして!?」

大きな声を上げたのは、璃亜だった。

「その処置さえ受ければ、元気になれるのよ!?　また、私と遊ぶことだってできる。それなのに、どうして……」

「ごめんね……璃亜」

俯いて泣き出してしまった璃亜に、刹那は精一杯腕を伸ばした。冷たい指先が、力をなくして垂れたままの璃亜の腕に触れる。その手を取って、璃亜はベッド脇に座り込んだ。

「ごめんね。でも、この力は……ママとの絆だから」

刹那の言葉に、睦月は立ち尽くした。

「お前……知って……」

「あの日から、ずっと、そんな気がしてたの……」

そう。暴走を起こしてから。

刹那は、毎日のように夢を見ていた。

あの女の人の夢を。

夢の中で、あの人の顔が見えるようになり、触れることもできるようになっていた。女の人は、いつも刹那を膝に抱き、優しく歌を歌ってくれた。知らないはずなのに、懐かしいメロディー。不思議な程に心地好い腕の中。

いつからか、刹那はこの人が母なのだと感じるようになった。

本来存在するはずのない母親だと。

「ごめんね……」

睦月に、そして璃亜に。

刹那は、何度も謝罪の言葉を繰り返した。

璃亜もまた、刹那の大切な『母』だったから。


それからしばらくの間、睦月は部屋に閉じこもり、誰も室内に入れようとはしなかった。一日中、妻と娘の写真を眺めては涙を流す。そんな日々が続いていた。カードキーは璃亜に預けてある。刹那の元には璃亜が通っているはずだ。今の睦月には刹那の顔を見る勇気がなかった。

食事も摂らず、眠れぬ日々が続き、憔悴しきった睦月の前に璃亜が現れたのは、あれから五日経った日の昼だった。

「失礼します」

頭を下げて室内に入ってきた璃亜を、睦月は落ち窪んだ目で睨み付けた。

「誰も入るなと言っておいたはずだ」

「……永久様と久遠様が、どうしても所長に会いたい、と」

やはり、隠し通すことはできないのか。そう、睦月は思った。センターとのパイプ役を務める彼らに話す訳にはいかないと思っていたが、それもうどうでもいいと感じていた。

「……分かった。通せ」

璃亜が静かに扉を開けると、永久と久遠が入ってくる。睦月は目で合図して二人を席に着かせた。

永久と久遠は、自分たちから会いたいと言ったにも拘らず、ただじっと睦月が話し出すのを待っていた。

「君たちが知りたいのは、刹那の母親のことだろう?」

「……本当に、アイツに母親がいるのか?」

永久の問いには答えず、睦月は一枚の写真を取り出した。

そこに写っているのは、仲睦まじい母娘の姿。娘の年は、四~五歳だろうか。

母親の膝に座り、微笑んでいる。大きな瞳や口元が二人とも良く似ていた。

一見すれば何の問題もない写真だった。

けれど永久の目は、娘の顔に釘付けになる。

年齢、髪型や瞳の色は違えど、それは間違いなく刹那だったからだ。

「これは……」

「私の妻と、娘だよ」

「じゃあ、あんたは……」

睦月は頷いた。もう、隠す必要もないだろう。

「刹那は、私の娘だ」

14

睦月は窓の外に視線を移した。その瞳は、数年前の情景を見つめているのだろうか。深呼吸を一つすると、睦月はゆっくりと当時のことを話し始めた。

「今から五年前になるかな。この間と同じような暴走事故が起こった。被験者の名前は栞《しおり》。刹那の母親だ」

「母……親だと？　人間を実験体にしていたのか？」

「栞は稀にみる能力の持ち主だった。いずれは彼女の遺伝子を使って、生命体を造ることになっていた。そのためのテストの最中だったんだ」

栞は刹那と同じように暴走事故を引き起こした。所員の一人が誤って扉を開けたため、被害は甚大だった。多数の所員が死亡した。そして、母親の姿を見に来ていた刹那も……。

本来ならば、実験室に一般人が立ち入ることは許可されていない。けれど、刹那は睦月の娘であり、被験者である栞の娘だった。特例として認められ、実験室にいたのだ。

それが不幸の始まりだった。

刹那は栞の暴走によって死亡し、栞もまた、自身の身体が能力の負荷に耐え切れず、バラバラになって死亡した。

「栞の細胞は再生不可能だった。だから私は刹那を蘇らせようと決心した」

幸い刹那の外傷は少なかった。刹那の細胞を増殖させれば蘇生は可能だったのだ。だが、そんな私的なことをセンターが許可するはずがない。

「だから栞の遺伝子サンプルを使ったんだ。能力を持った生命体としてならば、刹那は存在することを許される」

そこまでを話すと、睦月は顔を覆って俯いた。微かな嗚咽が洩れる。

睦月はただ、家族を失いたくないだけだったのだ。大きなリスクを覚悟すれば、刹那を人間として甦らせることもできた。そうしなかったのは、もう失いたくなかったから。人工生命体ならば半永久的に生きられる。だからこそ、睦月はその手段を取ったのだ。

それなのに……。

睦月は今、再び愛する娘を失おうとしている。妻と同じように。

璃亜がそっと睦月の肩に手を置いた。

「……どうして、俺たちに話したんです?」

今まで黙っていた久遠が、初めて口を開いた。

「俺たちの目的は知っているはずです。それなのに、なぜ話したんですか? センターにはずっと隠していたんでしょう?」

「もう、どうでもいいんだよ……」

全ては刹那を守るためだった。人工生命体として甦らせたことも、センターに隠していたのも。他の生命体をセンターに送ったことも、何もかもが刹那のためだった。

けれどその刹那も、もうすぐいなくなる。遺伝子組み換えの処置を受けなければ、あと一週間生きられるかどうかも分からないのだ。

だから、話した。今更センターに話が漏れようが、関係なかった。

「報告したいのならすればいい。私は構わんよ」

睦月に言われて、久遠は永久を見やった。永久はじっと写真を見つめ続けている。

全員が押し黙った、その時。

静かな室内にサイレンが鳴り響いた。

15

刹那の部屋に置いている医療機器は、全て所長室のコンピュータと繋がっている。今鳴っているサイレンも、その一つから発せられているものだった。見れば、血圧が下がり、脈が極端に少なくなっている。

「刹那!」

叫んで、睦月は部屋を飛び出した。一目散に塔へと向かう。璃亜からカードキーをもぎ取ると、次々とロックを外していった。厳重なセキュリティシステムが今となってはもどかしい。

最後のロックを外し、扉を開ける。

そこでは刹那が苦しげに喘いでいた。シーツのあちらこちらが赤く染まっている。また、大量吐血をしたのだ。

「刹那！」

刹那は虚ろな瞳で睦月たちを見つめた。青白い頬が痛々しかった。

「大丈夫か!? 璃亜、薬を……」

「……もう……いいよ……」

刹那の言葉に、全員の動きが止まった。

璃亜が刹那に駆け寄る。

誰もが黙って、刹那の言葉に耳を傾けていた。

「刹那ね、後悔なんてしてないよ……。ママの力を持ってたから、璃亜や永久君に会えたんだもん……」

そう言って刹那は永久の手を握った。永久がそれを強く握り返す。

「ありがとう」

永久に微笑みかけると、刹那は睦月を見つめた。睦月の瞳から涙が零れ落ちて、刹那の頬を濡らす。指先でその涙を拭って、刹那は最後の笑みを見せた。

あの写真と同じ笑顔を。

「刹那……幸せだったよ。ありがとう………パパ」

そして刹那は、ゆっくりと目を閉じた。

笑みを象ったままの口唇から、一筋の赤が流れ落ちて、シーツに新しいシミを作った。

永久に握られていた腕が、力を失ってだらりと落ちる。

その様子を、永久はじっと見つめていた。

最期の瞬間を、焼き付けるように。

この日。
愛しい四人に看取られて、刹那は息を引き取った。
爽やかな風が吹く、春の日だった。

エピローグ

刹那の葬儀は、ひっそりと行われた。

小高い丘の上。静かに佇む基地からは、琹の大好きだった海が一望できる。

刹那の遺体は、普通の人間と同じように荼毘に付された。隣立する教会で牧師に祈りを捧げてもらい、母親と同じ場所に納骨してやる。

本当なら、五年も前にこうしてやるべきだったのだ。

墓前に花を捧げ、手を合わせる。

参列者は、睦月と璃亜、永久、久遠の四人だけだった。

誰も口をきかなかった。

璃亜がその場に泣き崩れる。

その後ろから、永久は墓石を見つめ続けていた。

刹那の最後の言葉が頭の中にこだまする。

『ありがとう』

そう言われるだけの何かを、自分は刹那にしてやれただろうか。

永久の手を握りながら、ありがとうと微笑んだ刹那。

あの笑顔の本当の意味を知ることは、きっと、ない。

もう、答えてくれる人はいないのだから。

「……永久君、久遠君」

睦月は立ち上がり、二人に頭を下げた。

「来てくれて、ありがとう。きっと、刹那も喜んでいるはずだ」

そして睦月は、璃亜の肩を抱いて歩いていった。

「永久。俺たちも戻ろう」

久遠の言葉に頷き、二人は墓所を後にした。

最後にもう一度だけ、後ろを振り返る。

永久の持ってきた白い百合の花が、風に吹かれて揺れていた。


この数日後、睦月は辞表を提出し、学会からも姿を消すことになる。

国立遺伝子研究所の所長は璃亜が引き継いだ。彼女は生命体の製造から一切の手を引き、今は体調管理を専門としている。

永久と久遠はセンターに戻り、以前と同じ生活をしている。

けれど、永久は時々、刹那のことを思い出すようになっていた。

ふと、空を見上げた時。鳥たちの声を聴いた時。

些細なことをきっかけに、あの時の刹那の顔を思い出すのだ。


あの日、池のほとりで微笑んでいた、刹那の表情を……。

著者プロフィール

神條 絢（かみじょう あや）
1982年1月15日生まれ。
大学中退後、本格的に執筆活動を始める。
横浜市在住。

SILVER HEART

2004年5月15日　初版第1刷発行

著　者　神條 絢
発行者　瓜谷 綱延
発行所　株式会社文芸社
〒160-0022　東京都新宿区新宿 1-10-1
電話　03-5369-3060（編集）
03-5369-2299（販売）

印刷所　東洋経済印刷株式会社

ISBN4-8355-7388-9 C0093